2017 by Syncretic Press, LLC – First U.S. edition in Spanish
Diario de un ogro / by Valeria Dávila and Mónica López – Illustrated by Laura Aguerrebehere
ISBN: 978-1-946071-12-5
www.syncreticpress.com

© 2016 by La Brujita de Papel S.A.
© Valeria Dávila
© Mónica López
© Laura Aguerrebehere
Text by Valeria Dávila and Mónica López – Illustrations by Laura Aguerrebehere
First published in Argentina in 2016 by La Brujita de Papel S.A.

Printed in China

VALERIA DÁVILA Y MÓNICA LÓPEZ

DIARIO DE UN OGRO

Ilustraciones: Laura Aguerrebehere

Syncretic Press

MI QUERIDO DIARIO:
ESTO ES EL FINAL.
YA NO QUEDAN OGROS.
EL MUNDO ANDA MAL.

MUCHOS SE CREEN OGROS,
SIN TENER ESTILO.
Y ANDAN POR LOS CUENTOS
CON TRAJES DE HILO.

POR ESO LO DIGO:
ESTOY INDIGNADO.
¿DÓNDE SE VIO UN OGRO
LIMPIO Y BIEN PEINADO?

ASÍ QUE TE CUENTO
ESTA GRAN NOTICIA:
"FUNDARÉ COLEGIOS".
(ES UNA PRIMICIA).

TODAS LAS MATERIAS
LAS HE DECIDIDO:
"LUCHA CON GARROTE"
Y "OLOR A PODRIDO".

Y DARÉ LOS CURSOS
DE "ERUCTOS Y MOCOS".
Y A "CORRER EN PATAS"
ENSEÑARÉ UN POCO.

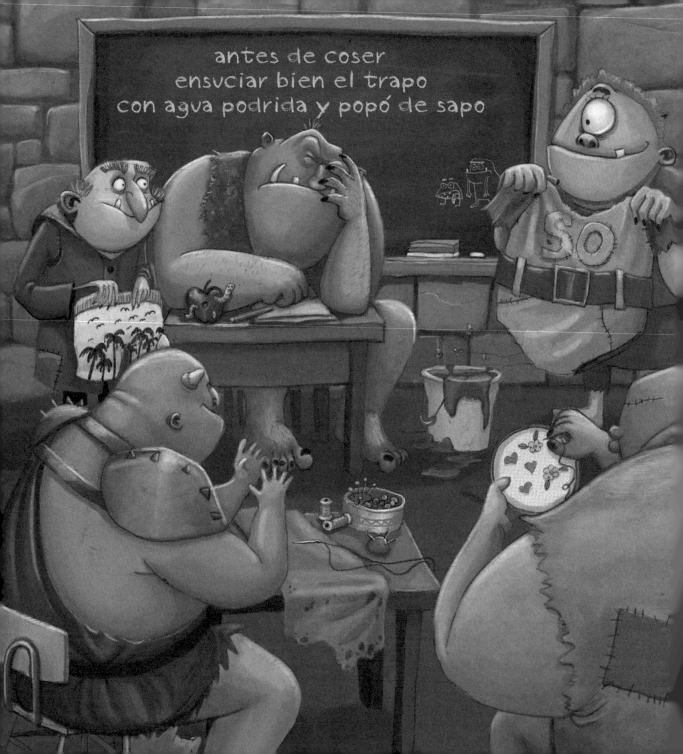

DICTARÉ EL TALLER
"CONFECCIÓN DE HARAPOS"
PARA HACER LA ROPA
CON MUGRIENTOS TRAPOS.

COLLARES, CADENAS
DE CHAPA, DE LATA;
BUFANDAS TEJIDAS
CON COLAS DE RATA.

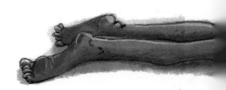

TAMBIÉN HABRÁ CLASES
PARA COMER SANO;
HELADOS SABROSOS
DE MOSCA Y GUSANO.

Y UN PLATO MUY RICO:
"CHICOS POR DOCENA"
CON PATAS DE CHANCHO.
¡QUÉ EXQUISITA CENA!

Y EL QUE SE RECIBA
SERÁ UN GIGANTÓN,
QUE EN TODA SU VIDA
NO CAMBIE EL CALZÓN.

Y QUE CUANDO GRUÑA
SE ESCUCHE EN LA CHINA.
Y QUE ESCUPA BABA.
¡QUÉ COSA COCHINA!

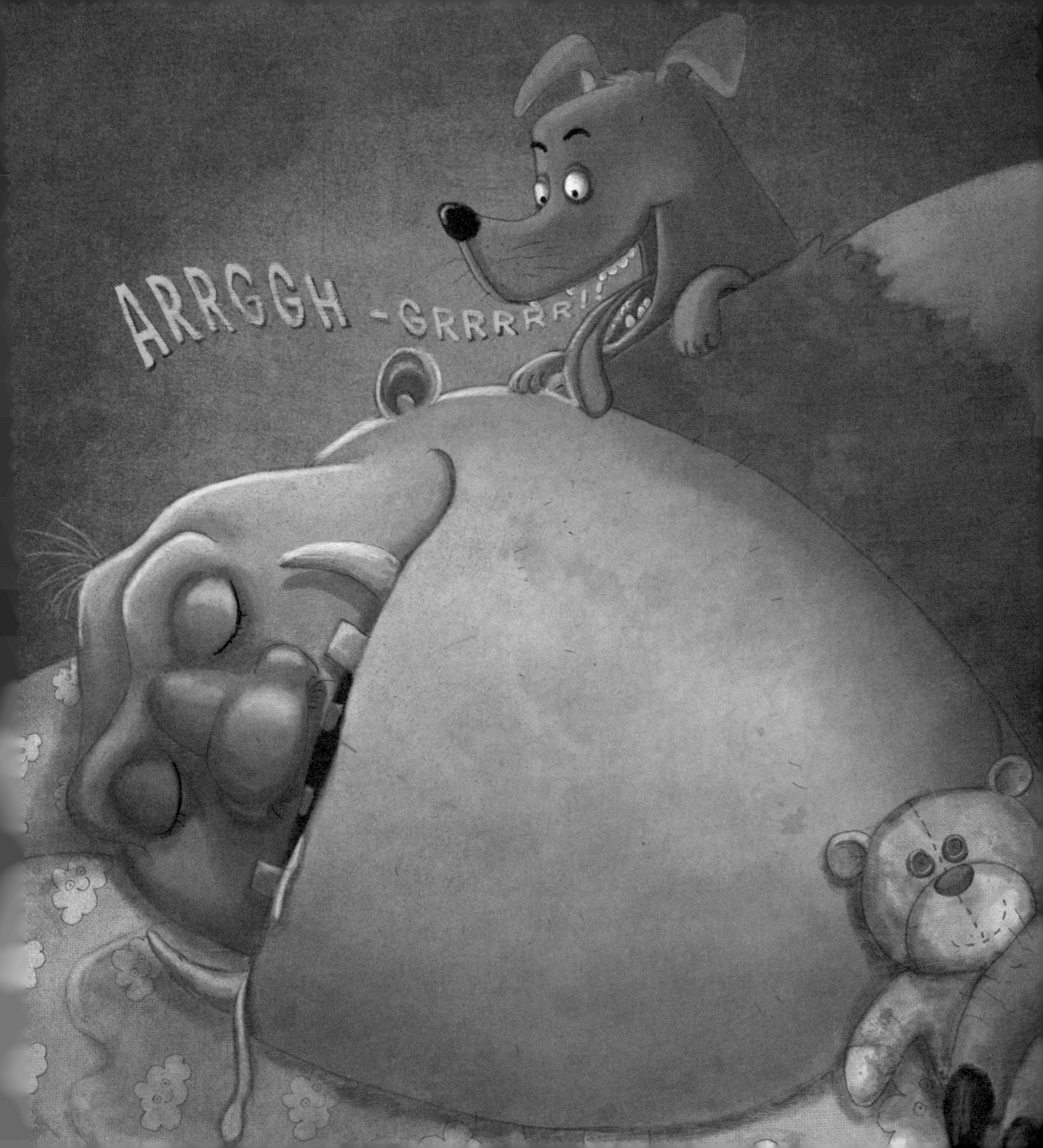
ARRGGH -GRRRRR!

EGRESADOS Nº 1
ESCUELA DE OGROS

HAY QUE SER GROSERO
POR NATURALEZA
Y SENTIR ORGULLO
DE NUESTRA TORPEZA.

¡QUÉ FELIZ SERÉ
SI MI SUEÑO LOGRO:
POBLAR EL PLANETA
CON HORRIBLES OGROS!